Ye

22372

A L'IMMORTELLE
ET TRES-
HEVREVSE MEMOIRE

de feu haut & puissant Seigneur Messire Phillibert de la Gviche, Chevalier des ordres du Roy, Conseiller en ses conseils priué & d'estat, Capitaine de cent hommes d'Armes de ses ordonnances, Gouuerneur & lieutenant general pour sa Majesté, au gouuernemét de Lyon, pays de Lyónois, Forests, & Beau-jolois.

A LYON,
Par Ionas Gautherin.

160.

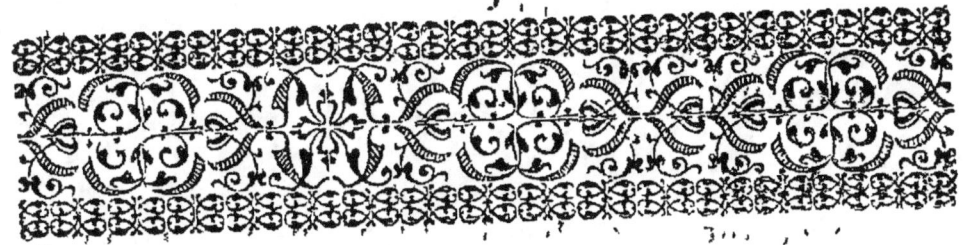

A MADAME

ADAME,

M Bien que ceste ville de Lyon, non seulement
ceste ville; mais encor toute la France en general, aye receu vne grande perte en la mort de
feu, Monseigneur de la GVICHE, voſtre mary, ſi eſt ce
que particulieremẽt il me ſemble que vous ſoyez la plus
affligee, en ceſte meſme perte. Et i'açoit qu'il m'eſt mal
ſeant, & peu conuenable à voſtre grandeur, que moy qui
ſuis le moindre de vos ſeruiteurs, oſe entreprendre en
vne triſteſſe tant importante, de cuider apporter par mes
eſcripts quelque remede à voſtre mal, attendu que les
plus ſages, & les plus graues hommes, n'y ſeroyent pas
à grand peine aſſez propres, tant pour la condition de la
perte, comme pour le rang que vous tenez, toutesfois
pour ne deffaillir au tres-humble debuoir que i'ay toute
ma vie vouë à voſtre ſeruice (ie me ſuis aduiſé, de vous
repreſenter les regrets, que toute ceſte ville poite en la
perte de feu mon dit Seigneur, & quant & quant en l'affliction que vous en receuez) leſquels ie vous prie auoir
autant agreables que nous eſt ennuyeuſe la meſme perte.
Cependant (Madame) ramenez nous, & reuenez vous
meſme à voſtre tranquilité ordinaire, ſerenez voſtre face,
& recepués ceſte conſolation, & finalement prenez en
bonne part ce mien petit exercice, & conſiderant plus laf-
fection, que la docte ſatisfaction dont voſtre grandeur

debuoit estre contente, en la separation de feu mon dit Seigneur, suppliant le Createur,

MADAME,

Le receuoir au nombre des bien heureux ; comme ie ne doubte point qu'il ne soit & vous continuer si longuement icy bas parmi nous, vos seruiteurs, que vous puissiez voir les enfans de vos enfans, autant heureusement commander que nous auons eu de l'heur à receuoir les commandemens de feu mon dit Seigneur.

De Lyon ce 22. Iuin, 1607.

Vostre tres-obeissant seruiteur,

C. FLESSARD.

REGRETS SVR LA MORT
de feu Monseigneur de la Guiche.

STANCES FVNEBRES.

A RRESTE toy paſſant & ſans paſſer plus outre,
Que tó cœur ſoit outré d'vne extreme douleur,
Et voy cóme la mort n'eſpargne de ſon coultre,
Riche, pauure, Impuiſſant, n'y la meſme valeur.

La G V I C H E, le Neſtor de la France oppreſſee,
L'Achille de noſtre aage, & conſeil de nos Roys,
Ayant de nos haineux la gloire terraſſee;
Eſt ores terraſſé, ſoubs ſes fatales loix.

Les effects genereux, de ſes vertus ſublimes,
Le doiuent toutesfois exempter du trespas:
Mais il eſtoit mortel, & ſes forces infirmes,
Bien qu'il fut tres-vaillant ne le permirent pas.

Ore il vit immortel, malgré les deſtinees.
Dans les cieux, ou la mort ne ſçauroit arriuer,
Et donne à ſon renom le ſiecle des annees,
Qui ne peut icy-bas, des limites trouuer.

Sa vie eſt vne image à ſon illuſtre race,
Honorable Patron, digne d'eſtre imité,
Sa mort leur monſtre encor la ſeure & vraye trace,
Qui conduit au ſeiour de l'immortalité.

La foy, l'integrité, l'honneur, & la conſtance,
Qu'il a touſiours gardee en ſes illuſtres faicts

A 3

Les appelle au deuoir de ceste bien seance
Et se faict esgaler par des mesmes effects.
A la crainte de Dieu, du Roy, de la Iustice,
Il a tousiours tenu la tutelle des loix;
Faisant que tout chacun en ce deuot office
L'aymoit, & le craignoit, au seul bruit d'yne voix.
Pour le commun Salut de Lyon noble ville
L'espasse des saisons qu'il en fut gouüerneur,
Il s'est tousiours rendu au peuple tant vtile,
Qu'on ne luy peüt assez referer de l'honneur.
La valeur de son bra- fut l'espoir de la France,
Ou braue il se portoit entre mille hazards,
Et comme vn des autheurs de nostre deliurance,
Il reçeut la liuree & l'ordre des Cesars.
Admirant ses vertus & les actes insignes,
Qui le siegent la haut entre les bien-heureux,
I'appelle ces beaux dons, des merueilles diuines,
Que le ciel ne depart qu'aux images des Dieux.
Son amour, sa bonté m'en donne le courage,
Bien que ceste faueur ie n'aye desseruy,
Que si lon me reprend de ceste humeur volage,
Il a cheri mes vers tant que ie l'ay seruy.
Mais ce qui rend ma perte encor desmesuree,
Et me faict compagnon au mal'heur d'vn chacun,
Sa mort n'est donc encor suffisamment pleuree,
L'accident est trop grand & presque a tous commun.
Grand Roy que perdez-vous pour telmoing j'en appelle,
Les regrets qui des-ja vous entament le cœur,
Disans las! i'ay perdu mon seruiteur fidele,
Et de tous mes soldats vn des grand belliqueur.
Petits mignons de Mars güerriers dont le Courage
Semble estre la terreur, & la loy du destin,
En perdant monseigneur vous perdez l'aduantage

Qui

Qui vous aduantageoit, sur l'ennemy mutin.
Pauures religieux desquels la nourriture
    Ne deriue (apres Dieu) que des bienfaicts de tous,
    En perdant auiourd'huy voftre chere pasture,
    Dictes moy si vous plaist, hé combien perdez vous.
Et vous ses seruiteurs vous pauures domesticques,
    Qui lauez en tous temps fidellement seruy,
    Ne plorez en secret vos larmes soient publicques
    L'amour qu'il vous portoit la par trop deserui:
Mais vous pauures pupils vous vefues desolees
    Qui trouuiez grand refuge en ce noble Seigneur,
    De qui serez-vous plus desormais consolees,
    En perdant voftre pere & voftre gouuerneur.
Arreftez-vous mes pleurs, il faut que ie reserue
    A vous lascher la bonde, alors que ie verray,
    Passer deuant mes yeux les enfans de Minerue,
    Ce sera lors mes pleurs que ie vous lascheray.
Si faut-il toutesfois mes pleurs que ie vous lasche
    Quand i'entens les clameurs des pauures souffreteux,
    Les souspirs que la faim de leurs bouches arrache,
    Me faict croire quel eft leur silence honteux.
Or puis que tout le peuple auecques moy souspire
    Et de ses triftes cris j'importune les cieux,
    Helas! ie ne puis plus tant de larmes descrire,
    Il faut pour vn petit donner tresue à nos yeux.
Le ciel qui fut touliours à nos desirs propice,
    D'vn foucy paternel r'asserene nos pleurs,
    Et octroye en nos ans cest honorable office,
    A quelqu'vn qui l'imite a penser nos douleurs.

F I N.

AVX FILLES DE MADAME.

SONNET.

FILLES qui respiriez l'air de vostre esperance,
En la longueur des ans de vostre geniteur,
Respirez des souspirs pour ne voir sa presence,
Sans vous representer à vostre Createur:
Il fut à son depart de vous tant amateur,
Qu'il ne pouuoit quitter vostre debile enfance,
Sans vous recommander de Dieu l'obeissance.
Et n'auoir en la bouche, aucun propos menteur.
Il est monté la haut à nostre commun Pere,
Et vous laisse au giron de vostre chere Mere,
Aux fins de vous nourrir en la crainte de Dieu:
Consolez les ennuys de ses larmes dolentes,
Et luy soyez tousiours filles obeissantes,
Pour viure ensemble apres, au sainct celeste lieu.

SVR LE TRESPAS DE FEV

Monsieur de la Guiche, grãd maistre de l'Artillerie de France, & apres Gouuerneur de Lyónois, Forests & Beaujolois.

*E*N fin ce second Mars ce Hercul inuincible,　　　　　　　　　[zards,
　Au trauail, au peril, qui brauoit les ha-
S'est rendu pour iamais à la France inuisible,
Apres estre apparu entre mille estendars.
Luy qui soubs Iupiter a tenu sur la terre,
　Le fouldre renfermé, disposant des esclairs,
　Est mort apres auoir fait gronder le tonnerre,
　Et estonné l'oreille & les yeux les plus clairs.
Celuy par qui l'Estat se peut dire paroistre,
　Remis en son entier iadis bouleuersé:
　Apres ce grand Henry on le peut recognoistre,
　Le premier de tous ceux, qui l'auront redressé.
C'est luy qui a tenu des plus mutines villes,
　Les clefs en sõ pouuoir, & d'vn courage hautain,
　A rendu valeureux, leurs gardes inutilles,
　Et remis à son Roy, la France dans la main.
Qui malgré les efforts, de la troupe mutine,

B

En plein champ à ouuert le flanc des ennemis:
Et fait par fon moyen que fon Prince chemine,
Sur le col du rebelle à fon pouuoir foufmis.
En fin apres auoir d'vn efclatanté fouldre,
  Diffipé tout l'orage, & rendu l'air ferein,
Ceux q brauoyët le ciel par luy reduits en poudre:
Sont contrains de flechir deffoubs leur Prince hu-
Ainfi ce grãd Heros, apres tãt de vaillãce, [main.
  Apres tant de trauaux, fuportez tant de fois,
Receut pour fon repos, & non par recompence:
L'eftat de Gouuerneur du peuple Lyonnois.
Grãd preuue de l'amour qu'il portoit à fon Prince,
  De quitter tãt d'Eftas, d'hõneurs, & de fplẽdeur:
Luy méfme s'enfermer dedans vne Prouince,
Et tenir à mespris fa premiere grandeur.
Luy q fes plus beaux iours au milieu desbatailles,
  Employat en partie, & partie à la Cour,
Et qui toufiours defpuis refchauffa fes entrailles,
Et des flãmes de Mars, & des flãmes d'Amour.
Apres s'eftre efclairé luy mefmes dãs la France,
  Au feu de fes efclairs, redoubtés tãt de fois:
Iugeons s'il ne peut pas des rais de fa prefence,
Illuftrer à toufiours le pays Lyonnois?

                              C. D. R.

MADAME, AVX OMBRES
de feu Monſieur, mort d'vne
retention d'vrine.

SORTEZ pour le moins de mes
    yeux,
Vous eaux, ſource de ma triſteſ-
Puis que ne pouuant pour mon mieux, [ſe:
Suiure la naturelle adreſſe,
Fermant voſtre cours iournallier,
Vous me cauſez vn dueil entier.

Helas ! bien que nous fuſſions deux,
Noſtre ſympathie commune:
D'vn nompareil neud amoureux,
D'ame, de Corps n'eſtant rien qu'vne:
Cauſera pour noſtre torment,
Quelque peu de ſoulagement.

Mais c'eſt en vain tout mon diſcours,
Ie m'eſgare en mon eſperance,
Et m'apperçois bien tous les iours,
Que ie me trompe en ma creance:
Car les eaux ſources de mon dueil,

Nous mettront enſemble au cercueil.

Luy d'vn deſluge interieur,
Luy ayant pardonné les armes:
Moy d'vn torrent inferieur,
Me noyeray dedans mes larmes:
Ainſi par vn meſme element,
Nous finirons eſgalement.

Mais, helas ! i'ay ce deſplaiſir,
Qu'il a prins ſur moy l'aduantage,
Et qu'il me reſte le loiſir,
De le ſuruiure à mon dommage:
Et ne me voir d'entre les Morts,
Que l'ombre dont il fut le Corps.

Corps jadis mon vnique bien,
Et de mes threſors le plus riche:
Sans lequel ie ne ſuis plus rien,
Veſue de mon eſpoux LA GVICHE:
Priuee à ſon occaſion,
De toute conſolation.

Et bien que le doux ſouuenir,

De ſon merite & de ſa gloire,
Deuſt aucunement contenir,
Le dueil cauſé de ſa memoire:
Pour cela ce contentement,
Ne faict qu'accroiſtre mon torment.

Face le ciel tout ſon pouuoir,
Il ne peut arreſter mes plaintes,
Malgré luy ie me veux douloir,
De ſes rigoureuſes atteintes:
Veut-il que ie ne die rien,
Apres m'auoir rauy mon bien?

Non ie ne crain plus ſa rigueur,
Ie deffie ſon inconſtance,
Ie me ſens aſſez de vigueur,
Pour ſupporter ſon influence:
Que doy-je craindre deformais,
Ayant tout perdu pour iamais?

Lors que mon cœur & que mes yeux,
D'vn continuel exercice,
Souſpire & pleure à qui mieux, mieux,
La pleinte amoindrit le ſuplice,

Et donnent en leur fonction
Repos à mon affliction.

Si dedans nos deux diuers Corps,
Vne feule Aime eftoit comprife:
Comme peut l'vn entre les Morts,
Sans l'autre auoir fa place prife?
Et fans ame fe fouftenir,
Sans de l'autre fe fouuenir?

Helas! pour fi toft l'oublier,
Noz ames furent trop vnies:
Ie ne puis moins que publier,
Des doleances infinies:
Puis que finis font mes plaifirs,
Infinis feront mes foufpirs.

Auffi bien de tant de douleurs,
Se fent ma dolente ame atteinte:
Qu'on voit au Prin-temps de couleurs,
La terre fous le ciel defpeinte,
Et n'ay pour tout contentement,
Que l'object de fon penfement.

Penser, remede à mes ennuis,
Nourrissier de ma triste vie:
Qui tenez les iours & les nuicts,
En luy ma pauure ame rauie:
Accordez moy que desormais
Vous ne me quitterez iamais.

Priué de vous ie ne suis plus,
Sinon insensible statue:
Mes membres se trouuent perclus,
Moy mesmes me suis incogneuë:
Et rien ne me peut soustenir,
Que de luy le seul souuenir.

Souuenir l'vnicque repos,
Apres tant de rudes alarmes:
Permettez au moins que ses Os,
Soyent accompaignez de mes larmes:
Attendant qu'apres fermer l'œil,
Ie sois enclose en son cercueil.

Vienne ce iour là bien-heureux,
Pour moy plein de ioye infinie:
Reioindre nos corps amoureux,

Et mon Ame à la sienne vnie:
Iouïra pour eternité,
D'eternelle felicité.

Que noz Cendres soyent desormais,
Comme nos volontez reiointes:
Que les peines soyent pour iamais,
Entre nous deux du tout esteintes:
Nous r'allians de mesme amour,
Comme quand nous estions au iour.

Enclos dedans vn Monument,
Noz corps, nos cœurs de mesme enuie:
Receuront pour leur aliment,
L'espoir d'vne eternelle vie:
Et l'vn de l'autre desireux
Seront pour iamais bien-heureux.

En attendant ce dernier iour,
Qui doibt reduire tout en flamme:
Nos corps d'vn mutuel amour,
Hostes iadis d'vne seule ame:
Mentionnez dedans ces Vers,
Sont pour memoire à l'vniuers.

C.D.R.